新時代の幕開け

大転換期の今、次世代へ残すもの

高木利誌

明窓出版

新時代の幕開け ―― 目次 ――

1．新しい時代に備えて

2. 令和時代に生きる旧世代

3. 新時代の発明品

1. 新しい時代に備えて

不況とは何か

経済が停滞する、それが突然やってくる。今回、予想だにしなかったコロナウイルスが突然やってくるという大恐慌。このような事態に備えるには特に注意が肝要であると思う。大前提となるのは不景気対策の事前準備と、経営安定策、そして絶対に無駄な出費をしないことである。

特に、無駄な出費で次の経営転換ができなくなることに気をつけなくてはならない。経営転換のための事前準備の種まきがあったとしても、発芽する前に破綻しては元も子もないからである。

一般に、不況の時期に新規事業を開始するのがベターであるといわれているが、開始の前に息切れではお話にならない。幸いに私は不況の時期から立ち直りの時期に開業させていただいた気がする。

しかも、公務員である警察官退職直後のことである。実は高校生のときにパン製造業を始めたときも、3日間の技術指導を受けて開業した。このときは、食糧難のため食べ物であればなんとか商売になった時期であった。

また、退職時期は昭和40年代の不況から立ち上がりかけた時代であった。けれども、まだ若さがあり体力的にも無理のきく年代であったのと、警察官として人を見る目というか観察眼というか、会社訪問のとき、その事務所前に立つとその会社の状態が不思議と判断できた気がする。

あるとき、上場企業の社長さんを紹介されて、その方の会社に日曜日にお邪魔したときのこと。「今日は日曜日で誰もいない。今夜は泊まって明日の月曜日に社員の働くところを見てください」と言われたので、

「いいえ、実はどなたもお見えにならないところをお見せいただきたいので日曜日に来ました」と答えた。

それでは、と社長さんの案内で3か所の工場を見学し、

「どの工場も、お若い方が多いですね」と言うと、

「そうですね、平均年齢23歳です」とお答えになった。

そんなお話をしながら本社ビルの2階へ来たとき、不思議な沈滞ムードがあったので、

「社長さん、このお部屋は何ですか」と聞くと、

「研究室です」とのこと。

「え、それはどうしてですか？　沈滞ムードのようですが」と尋ねると、

「イヤー実は不景気で予算を削りましたが、そうお感じになったのならば大変、さっそく予算を増やします」とおっしゃった。

事程左様に、研究部門の元気は絶対に大切ということである。


ついでに、営業の勘のことについて思い出したことがある。

それは、取引のお話のある会社の訪問前、真夜中にその会社の前を車で通過してみると、その会社の経営状態がわかるということ。真夜中に社員の意識の残っていない会社とは、取引を開始しないようにしていた。

そのため、私の経営中に倒産とか不渡りをいただいたことがなかったのがありがたかった。

これも余談ではあるが、警察官時代に家庭訪問といって受け持ち管内を巡回していると、不思議と家庭の状況がわかるかのようである。職務質問またしかり。

話がおかしな方向に行き、申し訳なし。

開発というものは大会社ならともかく、小企業にあっては資金調達が大変である。というのは、できたものが商品になるとは限らず、世の中に取り入れられないことが多々ある。

例えば、そんな画期的な商品ができては困るような既存メーカーがある場合、発売できず開発が無駄になるからである、すなわち、開発資金の回収が不可能になるからである。

以前、ある会社の副社長さんが、

「国の偉い方に会いに行くが、一緒に行かないか」と言われ、

「そこまで行くなら丸よ」と、二つ返事で了承し、いろいろその筋のトップの方とお話しさせていただいたとき、

「零細企業では、絶対にそんな資金はあてにしてはいけない。なんとなれば、手続きに翻弄され、開発以上に手間のかかることであるから」とお教えいただいた。

そこで、次女が名古屋工業大学を出ていたことから、本体の資金に頼らず別会社として自己資金の範囲で開発すべく超硬処理技術研究所、略して「株式会社コーケン」を作り、金のかからない、1件あたり10万円を超えない開発に着手した次第である。

できたものを特許申請してみたところ、金はかかるし効果は少ない。結局、著作権に頼ることにしたわけである。

しかし、娘は結婚してしばらくは私一人になり、休眠会社になってしまった。

本体の経営を離れると、年寄り扱いで厄介者、致し方なく休日が研究日となった。

昔取った杵柄と思いつつも寄る年波には勝てず、しかも、できたものは新聞広告も相手にしてくれなかった。以前の自然エネルギーを考える会の会員さんも、当初は150人くらいであったが、年と共に少なくなり、80歳すぎると数人のみとなって、その方たちの批評を頼りに、商品化にさせていただいている。

また、この先生にお目にかかりたいと思う先生方にも声をかけて、毎年、講演会を開催させていただき、勉強させていただいている。

しかし、これは私の勉強であり。講師の先生には少しのお礼しか差し上げられず申し訳ないのだが、本当にありがたく思っている。

不況に備える

内定取り消し。これは、その経験をした者でなければ理解できない。

コロナウイルスにて、わが日本のみならず世界的な大不況。新しい門出に際し出鼻をくじかれた者の無念さ、一瞬のうちの空虚な気持ちは、遭遇した本人にしかわからない。

昭和30年、卒業を控えた2月、一枚のはがきによって進路を絶たれた自分の、どうしようもない無念さを思い出す。

ひるがえって、内定取り消しをしなければならない経営者の身になってみたら、これまたいかがであろうか。

私が内定を取り消されたその数年後には、その会社はこの世から消えていた。

さて、小さな事業を始めて家族だけでは手に負えず、作業の手助けをお願いする立場になってみると、不況になってもご迷惑をおかけすることのないようにするにはどのように対処しておけばよいかが気にかかる。

不況がいつ訪れるのか、その次に来る新時代はどうなるのか、絶えず心の中で見通して準備しなければならない。

その目算を誤ると、これまた大変である。はたして、２０３０年はといえば、どんな年になるであろうか？　そうした未来に向かって、情報の収集、準備、研究開発をしていく、それが、経営者の最も重要なことではなかろうか。

そして、今回のコロナ不況からの立ち直りについていえば、不況前の状態に回復するということではなく、時代の大転換が始まるのである。

人生は短い。次の世代にバトンタッチもしなければならない。リレー競争ではないけれど、上手にバトンがつなげればよいが、バトンのつなぎを間違うと、一瞬のうちにトップから最後部に転落することになる。

しかしながら、素晴らしい開発と思っても、多くの先輩が無念の思いをさせられ、この世から見捨てられたことがあるのも事実である、

一橋大学の野口悠紀雄教授のお話ではないけれど、世の中は既存の業者のお困りになることはいかに良くても採用されるとは限らない、

例えば、火星まで20分で行けるＵＦＯのような飛行機を作ったとしても、即採用になるとは思えない。

空飛ぶ自動車にしても、急激に増えればどんな事故が待ち受けるとも限らない。

そのあたりを見極めることが肝心である。ちょっと良いもの、それよりもちょっと良いもの、さらにもう少し……と、向上心や欲には終わりがないものだが、良すぎても問題があるので、開発とは非常に難しいものである。

後述もするが、災害に備えて私が発明したもので、駄目になった乾電池に2ミリほどのテープを貼ると再び点灯し、照明のお役に立てるというものがある。しかし、乾電池が30年たっても使用可能では、電池メーカーにとっては大打撃だろう。

次々に生産するからこそ、雇用が確保できるわけでもある。やはり、使い古したものは捨てるのがベターであるのか。どのメーカーも従業員の健全な生活を確保し、会社を存続させなければならないが、社会の進化もまた、受け入れなければならない。

経営者の責任として、いかなる変化にも対応できるよう、絶えず研究研鑽に努めなければならない。

かつて知り合いであったドイツの大財閥の御曹司であり、別会社の社長だったホンベック博士が、

「高木さん、社長はね、３６５日24時間社長ですからね。絶対に経営をおろそかにしてはダメ。どこの国でも従業員の退社後が勝負だよ」とおっしゃっていた。

ヨーロッパの御曹司にこんなことを教わるとは、と思い知らされたことであった。

どこの国でも、何世紀も続く大会社はやはり経営者の意識、信念が素晴らしいと思わずにはおられない。

経営の一線から退いても、私のそうした意識理念はなかなか冷めるものではなく、なんとも困ったものである。

新しい時代に備えて

不況の後は、全く新しい時代の始まりである。思い返せば、私としても何度かの不況時代を経験させられて、その経験は、現在に生かせていただいている最大の財産ではないだろうか。

昭和7年4月生まれの私の第1回目の大事件は、4歳の3月に両親の営む呉服店が火災にあったことで、これは不況ではないけれども、我が家にとっては最大の生活難の始まりであった。

父は、生後間もなく里子に出され、小学校入学のために実家に帰り、小学校卒業とともに高等小学校への入学を待たず、東京の呉服店に丁稚奉公へ。

18歳のときに大阪に支店が出店されると同時に番頭として転勤するも、21歳で兵隊検査に合格し済南事変に出兵、伍長勤上等兵（上等兵であるが次の勤務のときは伍長に昇格）として退役、我が家へ養子入籍という経歴の持ち主であった。

私の姉にあたる長女は、1歳を待たずに他界、母は次に生まれた私が強い子になってくれるように、針を飲んで観音様にがんをかけてお祈りして、生まれた私が右手の中指に飲んだ針を握って生まれてきたということを聞かされた。そのせいか、88歳になる現在まで私の中指は爪がないのである。

私が小学校に入学までの我が家の苦難は過酷を極め、子供心にも大変な時代であり、父母の困難さは忘れられない。

その中にあって、父の苦労を目の当たりに見て育った私は、父の教育は身にしみるものであり、隣のおばさんに「僕、継子《ままこ》かねえ?」と尋ねたといって母親に叱られたものである。

祖母が早世し、祖父が再婚して名古屋へ出て、父母が私のほかに育てていたのは5歳年上の叔父と2歳下の弟だったが、弟は病弱のため叱られるのはいつも私だけであった。

また、同居する曾祖母は、私より5歳年上の私の叔父（母にとっては弟）を溺愛しており、私が兄ちゃんと呼んでいる叔父が悪ふざけして私をいじめても、母が叔父をたしなめることを許さなかった。

私が1年生に入学した年、曾祖母が重病になり死亡、その直後三男の弟が生まれ、産後が悪く、母が心臓脚気とかで寝たきりになったため、奉公人の2人と家族の朝食の支度と三男の面倒、子守など大変な1年生であった。

そして、小学校5年生から田畑の作業の手伝いをさせられたのは私だけであった。父と2人で農作業するのに牛を使っていたが、使うのが父から私に代わると牛は子供の私を馬鹿にしていうことを聞かないことが多く、本当に泣きたいくらいであった。

そのおかげで、子供心についても、作業をしながらそういった父の教育がその後の世の中を見る目というか対処の仕方を決めてしまい、世間一般にいう「子供らしくない子供」と小学校の家庭訪問の先生に、父母が言われたと聞いたことがある。

小学校3年のときに大東亜戦争が勃発、学校にあっては級長として、通学団にあっては団長として責任を持たされ、対外的にも学校代表として派遣されることも幾度かあった。

旧制中学1年生になり、学校代表で集まったとき、顔見知りの者と挨拶し合ったことがあった。しかし、授業というよりも学徒動員、農作業（運動場での芋作り）などであったが、このときサツマイモによる芋飴の作り方を勉強させていただいたことが、高校進学の年にパン屋を始めるきっかけとなった。

昭和20年8月15日、学徒動員の作業現場で昭和天皇陛下の詔勅を拝聴、大変な事態になったと同級生と話しながら帰路についた。

ところが、帰りの電車が動いていない、実は、私の自宅のある駅の手前で艦載機の空襲で電車が襲われて、複数の死者が出たとかで不通になっていたのである。

家についても、家じゅうが沈痛な面持ちで、

「えらいことになった。これから日本はどうなるであろう」と口をそろえるも、生きていられただけでもありがたいことであった。

電車で襲われて命を落とした人がいるのに、学校からの帰り道で、艦載機に機銃掃射にあっても、誰一人弾に当たった者のいなかったことを思い出した。

20人ばかりの同級生が空襲警報で帰路についたときのことであったが、「バリバリバリ！」と、機関砲の音にびっくりして道路わきの溝に逃げ込むと同時であった。

今自分たちの歩いていた位置に弾の跳ね返る音。恐る恐る顔を上げてみると、操縦かんを握る敵機の操縦者の顔もはっきり見えたほどであった。

そして、9月になると低空のB29が飛び交うようになった。また私たちの中学は、高射砲部隊の駐屯地になっていたこともあり、アメリカ兵の来訪も始まった。

もし、あと1年戦争が長引いていたならば私たちは軍人として戦地に派遣されていたかもしれないところであった。というのは、志願兵、また幼年学校という軍人養成学校の学内選考も始まっていて私も応募していた一人であったからだ。

ものを作る喜び

さて、当時、現実は食糧生産農家として秋の取り入れの支度の時期が迫っていた。学校から帰ると真っ先に田畑へ直行の毎日。百姓を終え家に帰ると、学校で習ったサツマイモの水あめの製造に着手。甘いものに飢えていた私たちは、そのうまさに家族全員で食べたことであった。

中学2年のとき、高等学校併設中学となり、女学校と合併して男女共学になった。目まぐるしい変革期に、今後の生活方針について考えねばならなかった。我が家は戦前は高木綿布加工場という縫製業であったが、統制経済となり、闇の布を仕入れる道もあったが、両親は、

「もしも子供が何人もあり、誰か警察官になりたいというようなことになると経済違反をするわけにいかない」との考えで、さらには従業員も徴用に行ってしまい生産を続けられなくなっていた。

母親が寝たきりの生活も治まり、かつての布団製造の設備のミシンはなくなっていたけれども、綿の打ち直しの機械はあったので、綿の打ち直しの受注生産をし、父と私は農業を続けた。

そして、部落の中よりも山はどうかといって1キロほど離れた松の木の多くある山林を買うことにした。

そのとき、どうしたいきさつかは知らないけれども、愛知県庁の上級幹部の方が仲間に入れてくれということで、2人開墾組合を作り、父が稲荷山開墾組合の組合長となり、山林を切り開き、約1町歩を田んぼに作り替えた大事業を行った。

しかし、新開地で稲作は非常に困難であった。私は、高等学校に衣替えした中学から高校に進学したが、生活は大変であった。

そんなとき、農協がパンの製造をやめるという話があり、父に、

「農協がやめるというが、パン屋をやる気はないか」と聞かれたのだ。飴の作り方も学校で習ったこともあり、食べ物に困っていた時期でもあったので、

「甘い食べ物ならきっと商売になる。やりましょう」と二つ返事で答え、農協の製造設備一式を25万円で購入した。

資金は、農協からの借り入れだった。そして、3日間の製造技術指導をいただき、製造を開始した。午前零時起床、仕込み開始、4時には生地を丸めるために家族に手伝いをお願いし、焼き上げて7時の電車で高校へ。

授業が終わると飛んで帰り、自転車でその日に製造したものを販売する毎日。このとき、作ることよりも、買っていただけることのありがたさを身にしみて感じた次第であった。

父の言葉ではないが「売るのではなく、買っていただくのだぞ」と。

冬の寒い夜のちらちら雪の降るときなど、真夏の暑さよりも身にしみてつらかった。いつも買っていただける家などには、「お子さんに1個差し上げます」と立ち寄ったこともあった。私にとっては寒さしのぎでも、子供の喜ぶ顔と母親の感謝の言葉が救いになっていた。

今に至る、ものを作る喜びと、買って喜んでいただけるものを製造することの喜びを思う次第であり、それには誰にもできない品物の開発、これを考えるためには理科系の大学で学びたいと考えるようになった。

そこで、有名な理科系の大学で勉強して、できれば中学か高校の教師になりたいと考え、志願をさせていただきたいと思った。ところが、教員室へ呼び出され、

「君は理科系を志望のようだね。理科系の勉強は一生できるが、人間を作るのは今しかない。文科系の大学で人間を作り変えてきなさい」といって出されたのが、中央大学の願書であった。

堅苦しい法律問題は苦手だったが不思議と合格をいただき、4年間勉強よりも人間作り、体力作りを念頭に、ちょうど新しく設立されたボート部の誘いにも応じた。

しかし時代は大変な変革期で、ものすごいインフレの真っ最中。パン屋で稼いだお金などあっという間に消え、家族に大変な苦労をかけることになってしまったことが返す返す残念で、申し訳ないことであった。

そして、昭和30年卒業に際し、就職願書を5か所出したところ全部同じ日時に面談があり、

先輩の「絶対合格させるから」との誘いに商社を受験して合格内定をいただいた。

父やほかの方の推薦を無にし、大変な失礼に申し訳ないことになった。

ところが、卒業目前の2月、「経済界の変動により、採用しないことに決定した」と内定が取り消しに。

ちょうどそのとき、「父親が盲腸炎で入院したので、すぐ帰れ」との電報で帰宅、病院へ直行したが、そのときは卒業試験の最中であった。

試験どころか就職のあても消え、父にも話せず失意のままふらりと後輩のボート部合宿の誘いに乗り、岐阜市を訪れた。そのとき、たまたま駅に貼ってあった「警察官募集」の貼り紙を見て願書を提出した。

家に帰り願書提出を報告すると、

「まさか息子が警察官の願書とは、あのとき、闇商売をしなくてよかった」と、両親に言われたことであった。かくして警察官になったことは以前にも拙著で書いたとおりであるが、これは私の本意ではなかった。どんな職業も世のため人のために尽くすのは本務であるけれども、本心は理科系の仕事で働くのが望みであった。

コロナ不況の解決法

昭和20年、終戦後の大混乱大不況、このとき、食べ物であれば皆様の最も欲しい時期に水あめのような自然の甘さのパンを作らせていただけたこと、昭和30年、内定取り消し時代、警察官として不況の世の中をじっくり観察させていただけたこと、配属させていただけたのが、進駐軍のキャンプのあった地区だったこと、それからの変遷、紡績業、縫製業の中国への大量進出による大不況を目の当たりにし、その転換期の乗り越え方をお見せいただけたこと、不況の後の変遷は前の延長ではないことを、警察官でありながら警察らしからぬ経済面のご指導もさせていただけたこと、すべてがありがたかった。

それは紛れもなく、父の商業上、経済上のものの見方と、読み方のたまものであった。

警察官を退職して製造業を立ち上げ、社長になってもらって間もない父を交通事故で失ったことは、本当に残念であった。

しかし、父の教えは厳然と私の体と脳裏にある。今回のコロナ不況の後に来る解決法はただものでないことは誰の目にもわかるはずである。

以前は、警察官として外から見る解決法は皆様にお話しさせていただけた。

今度は直接、自身の解決法、それには経営者としていくつもの想定をしていざというときに備えたつもりであった。

だが、経営を次の世代に任せたところ、すでに経営者ではありえなかったことを身にしみて感じさせられることもあった。というのは、新技術は世に出すのは非常に難しく、新聞広告も老人は相手にしていただけない。だから、旧来の人脈に頼る以外にないのである。

私としては、考えを老化させないよう、あらゆる角度から時代を見る目を養うために、また、理科系へ進めなかったために知識が乏しいので、理科系の先生をお訪ねした。

ほかにも、テクノロジーの最先端の先生をお招きして、50年ほど前から1年に2回ほど講演会を開催して教えをいただき、ご教示をいただいてきた次第である。

また、開発品についての良否をご教示いただいたこともあった。

しかし、今回のコロナ不況については、過去の不況と根本的に異なり、理解の範疇を超えたところにある。

コロナウイルスという病気については素人の口をはさむ問題でなく、とはいえ迫りくる不安を払拭しないまま進むわけにもいかない。

さて、どうしたものか……。思うに、私が拠点を置く愛知県のこの地区は、トヨタ自動車、三菱、ホンダ、スズキといった自動車関連の生産拠点の地区であり、その去就が最重点と考えられる。

野口悠紀雄教授のお話にあるごとく、報道機関も先発メーカーの不利になることは絶対に許可されないという。卑近な例では、何十年も前に、万鎔工業株式会社の佐藤亮拿《りょうだ》社長が、放射能汚染の浄化方法についての開発では相手にされなかったと聞かされたことがある。

東日本大震災の直後に佐藤社長をお訪ねすると、

「年を取りすぎて本当に残念だ」とお話になっていた。本当に必要なときには馬鹿にされ、お役に立つこともできない。これが、世の中というものなのか。

さて、振り返って自分の事業についても、警察官での退職金も親に差し出してゼロから出発したものだった。

子供の給食費にも事欠く生活をさせ、先生にも叱られたと聞いた。設立5年ほどは工場は狭く、夜は車の中で休むという仕事三昧の毎日（昼間は営業、夜間は夫婦で加工業務）。給料は従業員優先、最低の給料をいただいたことにして、借金返済に充てていた。5年ほどは人間らしい生活ではなかった。

振り返るに、この頃は家族に本当に気の毒なことをした。

２０２０年からの警鐘――日本が消える

これは、日経新聞の１９９７年の連載記事の題であったとか。

冷泉彰彦先生のブログの題でもある。正月休みに、いくつかの記事を読ませていただくと

ともに、かつてご健在であった草柳大蔵先生が、
「これで日本もおしまいかなあ」とおっしゃったのを思い出した。

まず読んだのは、一橋大学教授の野口悠紀雄教授の「20年後には日本人が中国に出稼ぎする」との毎日新聞の対談記事である。

優秀な技術者が中国に集まり、日本の高度な技術者も中国に引き抜かれ、2040年頃に日本人が中国に出稼ぎに行くようになるかもしれないというのだ。

日本は既得権益を持っている人たちが新しい技術の導入に反対しているからである。日本が停滞しているのは、既得権者が足を引っ張っているからだ、と。これは、多くの研究に携わる者の実感である。

だから、有名な先生も研究を中止せざるを得ず、書物にのみ残しむなしく去られた先生は数知れず、採用どころか命の危険とのお話さえあるのだ。

これは、その事実に遭遇したものでなければわからないことであるが、例えば、知花敏彦

先生は、「水も電気も空中から自由に取れる」と装置を開発したが発表できず、国に保管依頼をされたとか。

浅井ゲルマニウムの浅井一彦東大教授、林民生京都大学教授がケイ素をがんの薬とおっしゃったばかりに逮捕されたとか、技術の話も枚挙にいとまがない。

冷泉先生は、日本を先進国から衰退途上国に引き戻した五つのミスとして、以下を挙げておられる。

一つは製造業から金融・ソフトといった主要産業のシフトに対応できなかったこと。また自動車から宇宙航空、オーディオ・ビジュアルからコンピュータ、スマホへと「産業の高付加価値化」にも失敗したこと。

二つ目は、トヨタやパナソニックなど日本発の多国籍企業が、高度な研究開発部門を国外流出させていること。つまり製造部門を出すだけでなく、中枢の部分を国外に出してしまい、国内には付加価値の低い分野が残っているだけという問題。

三つ目は、英語が通用しないことで多国籍企業のアジア本部のロケーションを、香港やシンガポールに奪われてしまい、なおかつそのことを恥じていないこと。

四つ目は、観光業という低付加価値産業をプラスアルファの経済ではなく、主要産業に位置づけるというミスをしていること。

五つ目は、主要産業のノウハウが、最も効果を発揮する最終消費者向けの完成品産業の分野での勝負に負けて、部品産業や、良くて政府・軍需や企業向け産業に転落していること。

（『冷泉彰彦のプリンストン通信』より）


30年ほど前、草柳大蔵先生が亡くなる前に技術の話をしたら、

「君も気をつけたほうがいいよ。それより日本の強さは簿価会計という会計制度にあった。今度法律が改正されて時価会計になった。これで日本の企業はおしまいになる」と言われた。

かつては資本金300万円でも株式会社、100万円でも有限会社が設立できたが、その後、有限会社はなくなり、株式会社は資本金1000万円以上に変更された。それまでは設立発起人7名だったが、現在は1名でよく、資本金は1円でもよいとなったとか。

例えば製造業の場合、場所と製造設備が伴うはずであり、リースにしても設置場所が必要と思いきや、今や知識とパソコン1個あれば製造業が立ち上げられる。実際の製造は国外に委託し、「わが社はだから安いんです」とアピールする。

はたしてこれで、製造大国日本といえるであろうか。

自社生産となれば、工場、生産設備、それに伴う敷地が必要になる。建物には事業所税、固定資産税、売り上げには消費税。優良企業となると事業所税、そこまで行けばまずまずだ。草柳先生がおっしゃったのは、それからのことである。

簿価会計から時価会計とはこんなにも違いがあるのか。製作国日本では、以前であれば資本金の額によって相続税であったものが、時価会計になった現在では、莫大な相続税となり相続不能になるケースもある。数十年前に先祖様から受け継いだ場所をお借りして始めた事業も、継続不可能かと思うと本当に悲しい限りである。

そこで、製造設備を伴わない技術開発を考えてみた。それは、「自然に学べ」ということであった。自然に学べば、素晴らしい社会の実現が可能であることに気が付いた。

ところが、一橋大学の野口教授のお話のように、これが世に出るとお困りになるところが出てくることから、どなたにも相手にしていただけず散々な目にあうというのだ。

これは知花敏彦先生、神坂新太郎先生のお言葉のとおりでもある。新聞広告でも、取り扱っていただけない。

中島聡先生のメルマガ配信を読んで

中島聡先生のメルマガ（２０１９年4月20日号）を読んだとき、そのとおりだと思った。大不況後の時代の変化、過去の延長線上の状況ではないことは私自身の実感でもあった。

昭和30年、大学卒業を目前にして内定取り消しの通知を受け、また偶然にも駅に貼られた広告を見て警察官に採用いただき、世の中の変化を目の当たりにし、時代の変遷を実感、その対抗策を見せていただいたことを思い出した次第である。

コロナウイルスによる大変化と不況、この後は過去の延長線に載るような状況ではないことを、身にしみて感じている。

野口悠紀雄教授のお話のように、既得権者の権益保護のため新規開発者の技術抹殺が行われたように、大変な時代の到来にも、配慮されるような別枠も用意されるべきではなかろうかと思う。

それが、保江邦夫先生のおっしゃる、「令和になったからボツボツ変化も見えるかもしれない」ということではないか。

しかし、昨年、令和元年はまだその時期ではなかった。今年になってコロナという特別な大問題、大変化があり、私の退職後の変化や先読み、努力は、やはり必然のたまものという気がしてならない。

警察官退職後については何度も書いてきたように、退職金を含め全財産を父に差し出し、

「ゼロから始めてゼロになっても悔いはない」と、父に25万円借金して現在の仕事を始めた。最初は婿に、次に弟の子、甥にバトンタッチしたが、安穏な世代になってみると、私の先見はぼけ老人としか映らないようである。

時代の変遷とは、その時代を経験したものでなければわからない。むしろ東日本や熊本のように、大災害に遭遇されたお方の思いは、またもっと深刻ではなかろうか。

昨年は新聞広告も、「年寄りでなく若い社長でなければ話も聞けない」と相手にもしていただけなかったのが、今年は相手にしていただけるであろうか。

研究というものは本人が一番心得ているものであるから、たとえ家族といえども50年、60年と積み重ねてきた研究事項を、全部理解できるものではない。

それも、全財産を親に差し出し命がけで新規事業に飛び込み、いかにしたら後発メーカーが立ち上がれるかと命がけの研究生活を共に生きたものでなければ、理解できるものではない。先発メーカーに打ち勝ち、さらにその上を目指すのは、並大抵の努力ではできないことである。

自分の開発では見向きもされないどころか、反対に先発メーカーのために広告も取り上げていただけない中を頭を上げていくためには、大変化の時代の到来が唯一のチャンスである。

それにしても、3代目は身上《しんしょう》をつぶすといわれていたのは過去の話。今の3代目は生活も豪華で見るに忍びない。

これも世の中の常なのか、年寄りのひがみか、いかなる世になろうとも乗り越えられる手段と思っていたものが相手にされない、

自然からエネルギーをいただくような技術は、飛び越えすぎているのか、仕方なく自分で製作する以外にないと老骨に鞭打っている。

以前、従業員にも知られないように、夜間や休日を利用して新しい技術を開発すると、ライバル会社からわが社の全従業員に、

「給料を2倍出すから新しい技術を持ってこっちの会社に来てくれ」と声をかけられたこともあった、新技術には、そんなこともある。

過去における時代の変化を経験したものでなければ、わからないこともある。

経営を継いだといえども、自分の立ち上げた事業が衰退していくのを見るには忍びない。

いざというときに備えて、誰にも負けない何かを複数用意しておきたいというのが人情ではなかろうか。

2. 令和時代に生きる旧世代

ぼけ老人

最近、どうも頭が痛い。左目の上が特に痛い。

目が悪くなったのかなと思い眼科の診察を受けたが異常なし。右目は左目に比べ少し視力は劣るが、運転には全く問題なしとの診断。

耳鼻科の診断を受けたところ、耳も鼻も異常なし。肩こりからの痛みかなとも思い治療院へ行くも回復しない。

治療院で、「これで収まらないなら内科を受診したらどうか」と言われ、内科へ行くもやはり異常なしだった。

「総合病院の紹介をお願いできませんでしょうか?」と聞くと、

「いまどき、高齢者のあなた方を相手にしてくれる病院はないから、痛み止めのうまい医者を紹介する」と言われ、老人ホームを営む医者を紹介された。

その医者によると帯状庖疹との診断で、左目の上部に痛み止めの注射をされたが、左顔面がはれ上がり、一瞬にして左目左耳の視力聴力が駄目になった。

「目は行きつけの眼科へ行きなさい」と言われたが、はれ上がった目では運転できず、息子にお願いして以前に受診した眼科へ行くと、

「どうしましたか？　これでは私のところでは手の打ちようがありません。大学病院を紹介します」と、大学病院の眼科を紹介いただけた。

注射をされて4か月目になんとか左耳が回復したものの、補聴器が必要な状態となってしまい、左目は18か月経過した現在も、失明状態である。

この状態になる前に、医者から、何があっても文句を言わないという書類に捺印させられてしまっていたが、まさか、こんな事態になろうとは。

しかし、私には完成させたい研究があったので、それでも回復させていただけたのはありがたかった。

その研究は、車の運転性能やバッテリーの充電機能をアップさせるなど、いろいろな実験の実施であった。これは、来たる不況に備えて、私が経営責任者を退いても、次の責任者にいくばくかのお役に立てばとの思いからであった。

しかし、事態は思いもかけぬ方向に大展開してしまった。すなわち、コロナウイルスの世界蔓延である。

すでに80過ぎの老人では、誰も相手にしてくれない。先の医者の話のみならず、すでに年寄りがどこでも相手にされぬ世界が来てしまっている。

体調の悪いときにはいつもお世話になっていた、小学校から高校まで同級生であった医者の窪田君が先年亡くなってしまったのが本当に悲しいことだ。もし彼が健全であったら……と残念に思う。私も遠くに来たものだ。

しかし、後世のために、また災害大国日本の将来のために、いざというときに、いくばくかのお役に立つものを一つでも、私の残す会社のためにも残しておきたい。

誰にさげすまれてもよい。

この地を先導していただけるトヨタ自動車様、その大団連のお得意様各位のためにも、また、空へは飛ばなくても大水の災害の水上でも走る車のためにも、関英男博士、保江邦夫博士のご指導にお答えさせていただくためにも、今、できる限りのことをしておきたい。

いかに、ぼけ老人と侮られたとしても。


と、ここまでは、未来の不況に備えることを考えて跡を継いでくれる者にさまざま、伝えようと思っていた。

ところが、たまたま工場へ行ってみると、5、6人の見たことのない作業服の人が作業を見ているので、今後の会社を任せる甥に、

「どなたか知らないけれど、工場の中は秘密があるので絶対に見せてはいけない」と言うと、

「昔と違って、今ではどこの会社も工程監査で全部立ち入りを受けなければ仕事はもらえない」と言われた。

世の中変わったものだと思い、不況に備えて何年も考案したものは、もう会社では仕事もしてもらえないのかと情けない思いをさせられた。

やはり、ぼけ老人では自分の考案を守ろうとすると、体の続く限り自身で頑張る以外ないのであろうか。

すでに、外国の特許では自宅の電気は簡単に自分で作り、自動車は電気自動車が主流にならんとするのに、バッテリーの瞬間充電も発表できない。

今までも、200件以上特許を出したけれども役立ったものは1件もなく、外国特許を買って商品にしたものばかりだ。最近、外国特許導入は、全部国内のものに切り替えの指示が出ているとか。

私の妹のように、旦那がいなくなったら工場を全部片付けて廃棄、孫も勤め人になったという、これが正解であろうか。

おかげさまで、コロナウイルス不況で心配していたけれども、なんとか赤字にならなくてすんだのはよかった。加工業は赤字では大変である。なぜなら、かつて知らずに1個加工賃で算出し、10円足らずの売り上げと思っていたところ、その品物が１０００円ならば１００円プラス10円で届けなければならなかったというのだ。

つまり、１０００円で仕入れて加工賃が10円ならば１０１０円で納入する。不良品を作り失敗すれば、利益がゼロどころか、仕入れ分の赤字である。

さかのぼって脱税で罰金を取られる。こんなことも、脱サラで初めて知った次第である。ある絞りカスを製品にできないかと思い、試験的に輸入してみた。このとき、私の実験用の品物を買うのに、外国から私個人の銀行口座で送金していた。これが、それ以後、実験は別会計にして、赤字転落しないように心がけている。

世の中、本当に難しい。作業もあまり、自分本位にはしないことが必要だと考えた次第である。

しかし、これでは日本に暗澹《あんたん》たる未来が訪れてしまう。

自然エネルギーを考える会

私は以前、「自然エネルギーを考える会」を立ち上げた。

工場で製作したものについて、工業試験場へご指導いただきたいとお願いいたしたところ、どこの工業試験所（国、愛知県、名古屋市）からもお断りであったことから、まずは少人数からご意見をいただくことにしようと、この会を始めたのだ。

人数もだんだん増えて、150人ほどの会員様にご使用いただき、結果を報告され、さまざまな新製品に到達したのであった。


その最初の試験について紹介する。

私の始めた仕事はメッキ業、特にクロームメッキが主体であったため、「シアンを使用しますか」と尋ねられた。

「使用しません」と答えると。

「それでは申請の必要はありません」とのことで、操業を開始した。

そして、2、3年後には排水規制、薬品規制が始まり、その対策にさまざまな工夫を試みた次第である。


私の工場は、当初から排水はゼロであった。それは、洗浄水を、高温作業のために蒸発して不足する分の水として使用したからであった。

それともう一つは、水の改良にあった。

高校の同級生の早崎君が、君も水を使うならこの本を読んでみよといって丹羽靱負先生の「水」という本を貸してくれたことに始まる。

丹羽先生は現役のお医者さんであり、ある種の水を飲んでいるとがんにならないということで、それにはある種の石が水の改質に役立っているということであった。

そして、水を使う仕事、特に電気的な分野において役立つということが確認できた。

鉱石の作用によって水の改良、さらに電池の改良や発電ができ、充電機能まであることがわかった。

ところが、そのあたりになると、工業試験場では受付もしていただけないことになったので、制作したものを試験していただくのは、前述の「自然エネルギーを考える会」の会員様のみであった。

そして、皆様といっそう勉強するために、講師の先生をお招きして1年に2回ほど講演会を開催して、勉強会も行っていた。

講演会の後の懇親会のとき、鈴木さんとおっしゃる方が、

「京都の大学の先生が、何年か前に厚生省の命令でがんの薬の開発をしたところ、これでは認可は降りないといわれたので、土壌改良材にならぬかと試したところ、イチゴ、ほうれん草、ニンジンなど、味も素晴らしく、見事な野菜ができた」とお話しされ、ある石を紹介してくださった。

さっそく農協から田んぼを借り受け、田植えのほか何もせず無農薬無肥料で草も取らずに栽培してみた。

この石を混錬したコンクリートブロックを田んぼの取水口へセットすると、その田んぼでは20％以上増収での収穫が認められた。

さらに、この鉱石の粉を、農協でお借りした田んぼに散布して稲を栽培するというテストをしたところ、無肥料、無除草で20％以上の増収が20年以上継続した。

そして、この田んぼの電位を測ってみると1．5ボルト以上であった。隣の田んぼの電位は1．3～1．4ボルトだったので、電位のアップが認められたことになる。

この検証から、この石を鈴木石と名付け、塗料にしてみて会員に配り、テストをしてみてもらったところ、

「駄目になった電池に、いただいた塗料を塗ったら電池が回復した」と報告があった。

したがって、この石を使えば電気ができると考え、塗料に混錬して塗装してみたところ、さまざまな効果がある触媒になることがわかった。

そこで、商標登録をすることにしたが、触媒の英語、カタリストでは先願があったため、フランス語の「カタリーズ」という名で出願したわけである。

そしてこの塗料を、当時、私が主催する「自然エネルギーを考える会」で作り、主たる目的は土壌改良であったが、新たに電気的に効果が確認できたことから、会員にお配りしてお試しいただいて駄目になった乾電池に塗ったところ、乾電池が回復して再生できたことから、豊田市役所にお願いして、危険物として捨てられた乾電池をお願いすると、「どうぞ好きなだけお持ちください」とお許しいただけた。

トラックでプラスチック容器に1万数千個ほどいただき塗料を塗って試したところ、90%ほどの1万個以上が回復、使用可能になった。このとき、自動車のバッテリーもあり「よかったらこれもどうぞ」とお許しいただいたので、持ち帰りバッテリーにも塗布して試したところ、10個のうちの2個は回復して使用可能になったが、8個はボルトは上がっても内部で損傷があり使用不能であった。

その後、市役所に報告したところ「こんなものができてしまったら電気屋さんが困るからダメです」とお叱りを受けたのは前述のとおりだが、誰にももらっていただけず、イベントのときに出して皆様にお試しいただいた次第である。

その残りのものがいまだにあるので、錆を落として試してみると30年以上たっても1.5ボルト以上あり十分使用可能であった。

また、カタリーズメッキを施したものを自動車のバッテリーに取り付けると、10年~20年間バッテリー交換が必要なかったとの複数の報告があった。

これらのことから、電池も自動車のバッテリーも、20年~30年使用可能であることがわかった。

そしてその費用は、乾電池で10円~20円(単1~単4)、自動車のバッテリーでは種類によっても差があるが数千円である。

さらに東京から燃料を満タンにして出発し、静岡で燃料補充して愛知までお越しいただいた方は、お帰りの際には、33リッター満タンにしたら補給することなく東京まで着いて、走行性能もよかったとの報告もあった。

カタリーズは、電気性能の向上のほか、燃費効率の向上にも効果があることが判明した。

この塗料について船井幸雄会長様に当時お話ししたところ、

「そんな塗料があるのですか」とおっしゃって、イベントのときに配布していただき、本当にありがたかった。


ところが、塗料は日持ちがせず何か月も持たずクレームが来るということで、テープにしたところ、送るのにも便利で、いつまでたっても効果は変わらないので、それ以後、カタリーズテープにして販売している。

また、100円ショップで乾電池を購入し、カタリーズテープを貼ると、30年以上使用できるのではないかと思い、実験を開始した。

電気フォークリフトについても、電気自動車についても、3~4年でバッテリー交換が必要だと聞くが、寿命が20年以上延長できれば、こんなにありがたいことはないのではないか、と期待している次第である。

他にも、先日、会社にお客様が見えたのだが、壁にかけてある乾電池で動く時計が止まっていることに気づいていただいた。そこで、時計の後ろ側の壁にカタリーズテープを貼り付けると、即座に電池が回復したと見え、時計の針が動き出した。今でもそのまま動いている。

しかし、電池バッテリーメーカーにとっては大打撃と考えられる。

それでなくても「ケシュ財団」の小型発電機などが出てきて、電池が必要な時代はそれほど長くないと考えられるが、いかがなものであろうか。


ところで、ある学会に電池の回復について論文を出したら採用されて、発表もさせていただけたが、「業者ごときがおかしなことを発表して、神聖な学会を汚すつもりか」とのお叱りを受けた。このことから、だから工業試験場の受付がいただけなかったのだということが理解できた次第である。

この論文を国際学会に紹介していただけたおかげで、国際学会でも発表させていただき、本当にありがたかった。

その当日は、私の会社に関係の深いドイツのスピッツアー博士が、偶然にも別の部屋で技術論の発表をしておられたのと同じ日であった。

またこの日、私が発表していた部屋に、3人の見るからに不思議な聴衆がいるのがわかった。私の発表が終わると、質疑応答タイムを待たずして退席した。井出治先生によるエネルギー技術の発表のとき、4人の宇宙人と思しき聴衆があったことを聞き、この3人は宇宙人だったのではないかと思った次第である。

そこで、ある会員のお世話で、ある小学校の理科の勉強の一環として、5、6年生の理科の時間をいただき、数種類の石を持参して石の組み合わせによる実験を行った。石に電極をつないで水を注げば、豆電池を点灯させることができた組があり、拍手喝采に沸いたことがあった。

その後、関英男博士をお尋ねし、「UFOはこれで飛んでいる」と水晶をお見せいただいたことで、ケイ素が電気と関係があることを知った。ただ、雑念が多い人間では操縦できないともおっしゃっていらした。

また、リンゴ農家の木村秋則先生がＵＦＯにお乗りになったとき、ケイ素で飛んでいると宇宙人からお聞きになったと伺い、石（ケイ素）のパワーについて知らされたものだった。


そして、２０１８年に理学博士の保江邦夫先生に、「自然エネルギーを考える会」の講演をいただいたとき、ケイ素でバッテリーの充電ができるとお話しいただいたことは、本当にありがたかった。

鉱石エネルギーについては現在の学説では説明できないとのご講演で、その難しさも思い知らされた。

今では、会員も老齢化し、人数も本当に縮小したが、この会のおかげで私のつたない研究をずいぶんとお助けいただいた。


講演会開催にあたりご協力いただいた方、聴講に遠路お越しいただいた方、また諸先生方、至らぬ私でございましたが、その折は本当にありがとうございました。

廃業

シャッター通り商店街といって、かつて栄えていた繁華街が1軒、また1軒と閉店していった時期があった。

しかし、最近は業種にかかわらず廃業が目立ってきた。

後継者難の果樹農家もあるだろう。中小企業も、取引先の外国進出で仕事がなくなってしまう。

それでは、新しい仕事を開発したらどうかと思うが、これがまた難しい。

ある有名な会社の社訓で、「1位になるな、3位になったらダメ。2番手が最良」というのがあるが、現在この格言を残された社長さんの先見性に、敬服しているところである。

しかし、中小企業である我々では金をかけずに、どのような時代が来てもそれにすぐ対応できるような準備をしていなければならない。

今回の問題が、過去のどの問題とも異なるのは、最大産業と目される自動車産業が、軒並み営業不振になっていることが大きい。ガソリン自動車から電気自動車への大転換も、負担となっているようである。

また、日本の電機産業のリーダであった松下電器がナショナルに、現在はパナソニックとなり、中心業種の各部門の撤退や身売りの方針さえも発表される時代となった。

ということは、小売店から始まり、中小企業、さらに大企業に至るまで常に転廃業を迫られるものだということだろう。

はたして、常日頃、それに対応するためにできることはないのだろうか。1番になるな、3番ではダメとおっしゃった社長さんの格言は、はたして最良であろうか。

すでに、地球人の考えでは及ばない時代の到来のようにも思われる。

それは、生活の大転換を意味する。先日、パナソニックの専門自転車屋さんが、「パナソニックでの自転車製造中止で、自転車屋ができなくなった」と言っていらした。

これから、どんな時代が来ようとも事業を続けていくためには、どうしたらよいか。廃業や、従業員の解雇以外に施策はないのであろうか。

新しいものの開発は必要であるが、一般社会では否定的に見えるから注意が必要である。

それが必要とされる時代が来ることを信じて、実験を続けていかなければならない。空飛ぶ自動車ができるという話もあるけれども、あと10年と言わず、5年ほどで月や火星へ行ける時代が来るかもしれない。


どのような時代が来ようとも対応してゆかねばならないが、現代の延長線上である世界が継続する時代ではありえないかもわからない。

例えば、一つの例として、戦時中に高速航空機というか、宇宙船というか、最先端の航空機を開発されていた神坂新太郎先生のお話からも、戦争の道具とされる品物を例にとるまでもなく、経済戦争としても鎬《しのぎ》を削る時代とはどのようなことになるか想像もできない。

しかも、これから先は地球上の問題のみならず、地球が破滅されるような技術ができかけた場合、宇宙に影響が出る恐れが非常に大きいとなれば、話のスケールが格段と大きくなる。現に、太陽系にもその影響が出始めているとのことで、ＵＦＯの存在や宇宙存在からの介入がささやかれることも多くなった。

最近は天候の問題にしても、また、太陽の状態や大災害にしても、従来と比べるに想像を超えるような話が聞かれるようになった。

技術戦争は地球だけでなく、宇宙全体に影響を及ぼす問題だということを考えなければならない。もはや、レベルの違ったことを考える時代となったのではなかろうか。

今までの２度の世界大戦と違い、今後うわさされる第３次世界戦争が地球を滅ぼしかねないとなった場合、他の天体からの注意信号を見落としてはならない。

「大統領に会った宇宙人」（フランク・Ｅ・ストレンジズ著　たま出版）を読んで、特にそう感じた次第である。

日本を守る宇宙人

以前、船井幸雄先生のご紹介でお目にかかったことのある神坂新太郎先生について、「ザ・フナイ」という雑誌に書いてあったことを思い出した。

神坂新太郎先生は、中学1年のときに理不尽な理由により退校になり、東大学長からいただいた原書で物理学を勉強して、戦時中にドイツのヒットラーから派遣されたラインフォルトという科学者と2人で宇宙船を制作したというお方である。

「ザ・フナイ」やご本人のお話によると、第二次世界大戦の終戦後に宇宙船が迎えに来て、「宇宙人がアメリカの大統領と交渉するがお前も立ち会わないか」と誘われたという。

宇宙船から星が見えるだろうと楽しみにしていたが、

「ワシントンまで2分しかかからなかったから、星なんか見る暇もなかったよ」とのお話であった。

そしてそのとき、迎えに来た宇宙人はかつて宇宙船を共に作ったラインフォルトのようであったと。

その後、「奇跡の水」（オロフ・アレクサンダーソン著　ヒカルランド）「自然は脈動する」（アリック・バーソロミュー著　日本教文社）という本に出会ったが、これもドイツの科学者シャウベルガーについて語るものであった。

これらの本によると、この科学者はラインフォルトと同じように、戦時中、無人航空機U2を作った科学者だとか、最近宇宙人がたくさん地球に来ているとか、人間型宇宙人がいるなどとある。また、地球人はもともと宇宙のほかの星から移り住んだ宇宙人の末裔ではなかろうかなどの話もあった。

生前の船井幸雄先生にお目にかかった関英男博士が、「宇宙船なら、火星でも金星でも20分で行けるよ」と宇宙旅行のお話をしていらしたことを思い出した。

宇宙船（ＵＦＯ）の乗組員は、人間と変わりはないとのことだった。

かつて神坂先生は、「日本は世界中から狙われているから、大量の宇宙人がいざというとき日本を守るために来ている」ということをお話になっていたことがある。

リンゴ農家の木村秋則先生は、宇宙船に乗ったときには言葉は日本語であったとおっしゃっていたところを見ると、宇宙人も日本語ができるようだ。

ラインフォルトとシャウベルガーは、宇宙人だったのであろうか。だから2人とも、戦時中に宇宙船が制作できたのだろうか。

「自然は脈動する」を読むと、近代地球の農業が地球人、および地球の土地を駄目にしてしまうと警鐘を鳴らしている。

原子力のみならず、鉄製の農機具を使うと土地が駄目になり、化学肥料、農薬を使うことによりさらに土地、作物が悪くなる。その作物を食べた人間も、さらに駄目にするなどの話であった。

これを読むと、現在、私が行っている農法は間違っていなかったことが証明できたが、これを発表しようとすると強烈な反発がある。新聞社からも相手にされず、お小言をいただくような状況だ。これでは、地球はどうなるのであろうか。

ある商法

前述した「1位になるな、3位になったらダメ。2番手が最良」との社訓。

それは、ある有名な会社の商法として有名であった。研究・開発費をつぎ込んでできた1番目のものより、費用をそこまでかけず、少し改良したものを出すのは簡単であるが、3番目では目新しさも消えて見向きもされない。つまり、2番目として追随するくらいが1番良いということだと説明を受けたものである。

そんなことは考えず、サラリーマンにおさらばして小さな製造工場を開業してみたが仕事にありつけなかった。

考えた結果、あまりどなたもおやりにならないものでなければと、開発ばかりを考えていたが仕事には結びつかない。

そこで、先進国であるヨーロッパを見学し、特許ライセンスを契約するようにしたところ、少しずつだが仕事をいただけるようになった。

そんな折、前述もしたが、電池の回復についての論文をある学会に出したところ、「業者ごときが神聖な学会を汚すつもりか」と、ある大学教授から非難された。

そのことを、故、草柳大蔵先生にお話ししたところ、

「君もなかなかやるなあ、非難されるようになったら本物だよ。でもこれからは、ちょっと言動に気をつけたほうがいいよ」とおっしゃられた。

そのときに、新技術では新聞広告も取り扱っていただけないということがわかったのだった。

そして、有名な学者さんでも世界的な学者さんでも、革新的な新技術はただ著書に残して静かにお過ごしになっておられたことを理解した。

ただ、それらをつなぎ合わせたら、大災害で被害にあわれた方々の暮らしももっと、救われたのではないだろうかと思うのだ。

古くはエジソンの直流に対して、交流電力、遠距離充電を提案したニコラ・テスラや、知

花敏彦先生の空中からの採水装置や、フリーエネルギー発電装置や、その他いろいろ。

やはり、時代を大きく変えるような技術の発表は、よく考えてみなければならないということがよくわかった。


そこで、「ふだんぎあいち」という愛知県内の市民グループの集まりでも一度、小冊子に試作品を付けてお配りしたところ、次のようなご意見をいただけた。

「これでは、新聞広告が無理だということがよくわかりました」と。


本当に、最近は廃業がめっきり増えてきた。皆様のご近所でも小売業、食品店、農家やその他、あらゆる業種に見られるだろう。


さらに、すべてのガソリン自動車が電気自動車になればどのようになるか。

ガソリンがいらなくなれば、ガソリンスタンドにも変化が訪れるのは明白である。

このような時代に、立ち向かう心構えをしておかなければならない。

老人ホームが目前の年寄りでも、心配にはなるものなのだ。

チャンス（もしも）

若い頃、父から教えられたことである。

「あのなあ、人間の一生には、3回のチャンスがある，そのチャンスをうまくとらえたものが成功者となり、気が付かなかったものはただの凡人のままだ」

前述した通り、そんな父は、生まれてすぐに里子に出され、高等小学校入学を待たずして東京の呉服屋へ奉公、18歳で大阪支店開設と同時に番頭として勤務、兵隊検査にて騎兵に合格し、済南事変に出兵，帰還後に我が家へ養子入籍という経歴の人である。

最初は、身に覚えのある呉服屋を開業、従業員3人抱えての営業3年目に火災で全焼。

入り婿先の農家の自宅は2階が養蚕部屋で、ミシンも置いて縫製業を開業した。

大手の紡績工場から、女子行員が使用するための大量の布団を受注、船会社の1隻分の船の積み荷の綿を買い占めた。積み荷の綿を加工中に綿の値段が急騰し、半分を売却して、借金ゼロになった。残りの綿で布団を納入したところ、大きな山林が購入できるほどの資金がいただけたという。

そこで、「高木綿布加工場」という名前で、ミシン工場としては大手となった。

その頃、私は小学校に入学する前で、農繁期には託児所へ通っていたようだ。

そして満州事変、大東亜戦争があり、終戦後、工場は企業合同によってなくなった。父は村役場の職員になり、家は農家としてやっていたけれども、母は弟の出産後体調を崩して、1年以上も寝たきりになってしまった。

ちょうどその頃、小学校1年生になった私が、朝飯の準備を母に教えられながら、弟の世話係もしていた。

終戦前の昭和20年4月に旧制中学校入学。小学校6年のとき地域の学校代表として、海洋少年団大会で集まった顔見知りの何人かの顔がそろったことが、嬉しかったものだった。

そして8月15日、学徒動員として塩田作業中に天皇陛下の詔勅拝受。

新制高校併設中学、新制高校へと進んだ。


高校1年で父の勧めでパン屋を始めたことは前著『おかげさま』（明窓出版）にも記した。このとき、1日の売り上げが、トヨタ自動車の株を100株買える額であった。父に、「トヨタの株を買ってみるか」と言われたとき、「もし」が許されるならば、株を買い、大学へ進まずにいたら、異なる人生になっていたであろうと悔やまれる。トヨタの株は、その後、値上がりしていたから、違う道もあったはずだ。

父は、素晴らしい先見に優れた方であった。

高校の先生から、

「君は、理科系志望のようだが、理科系の勉強は一生できるが、人間を作るのは今しかない。文科系へ進み、人間を作り直してこい」と言われたこと、これが私の一生を形成した第1点である。

このとき、私の弟は高校3年生に進級したものの、パン屋はできず廃業。

そして、恩師の勧めで入学した大学の入学金が12000円、授業料が9600円であった。

当時、同級生の話によると、戦後の東京の裏町で、がれきが積まれたような土地は、1坪200円だったとか。それが、数年で35万円ほどにもなっていたという。

もしこのとき、大学に進級せず、入学金でその土地を100坪買っていたとしたら、卒業のときは3500万円になったことになる、これが、第2点目の大きな分岐だった。

そうすれば、就職の困難など何のそのだったはずだ。

そのときは、最大の初任給は、新日鉄で1万円という時代であった。

私はといえば、就職を予定していた企業から内定取り消しにあい、岐阜県警察に採用いただき、初任給は6900円だった。

そして、両親の勧め以外の結婚は絶対にしないつもりでいるうちに、母から「いまどきこんないい娘はないよ」と言われた現在の女房に出会ったわけであるが、安月給で本当に苦労をかけた。

結婚に際し、女房のお母さんから、

「離婚して家に返されると本当にみじめです。気に入らないこともあるでしょうが、どうかよろしくお願いいたします」と言われたことがある。

「お母さん、今日まで私のために、娘さんをよくお育てしていただけました。今日から私が、愛情のバトンを引き継がせていただきます。けんかすることもあると思いますが、このことは絶対に守ります」と言ったのが、第3点目である。


伊勢湾台風のときの勤務の途中、実家が心配になり電話するも電話は不通、警察電話で尋ねると、実家は全壊とのことだった。

すぐにも戻りたかったけれども、勤務先も大被害だったため、実家の見舞いも許可が出ず、少し落ち着いてからようやく帰ることができた。

実家の近くでは電車が不通で、遠くの駅から歩いて行ってみると、聞いていたように家は全壊であった。

長男として家を守れなかったことが情けなく、家族にも申し訳なかった。

早く実家の近くに引っ越したいと思いつつも、恩給がつくまでは退職もできないとそのまま務めていたが、ある日、父親が来て、

「結婚した妹が、できたら家の近くへ住まいを移してもよいかと言っているが、お前はどう思うか」と尋ねたので、

「家がつぶれても長男の私が行けない場所では情けない。一人でも兄弟が集まればありがたい。私も女房も、大大賛成です」と答えたのだった。


そうして、長年の勤務の末、やっと恩給権（現在の年金）がつくまでになった。

そこで、退職したい旨を女房に相談したところ、「やっとなんとか食べられるようになったのに」と大反対にあったのだ。泣いてすがるのを押し切って、恩給権発生の翌日、退職願を提出した。

退職金の全部を父に差し出し、

「これが私の全財産です。これと思う仕事のために、パン屋のときと同じ25万円お貸しく

ださい。ゼロから始めて、またゼロになっても悔いはない」と言って、農協の銀行から借金していただいた。家族全員からの反対を押し切り、現在の工場の前身を、鳥小屋の片隅で開業した。これが第4点目である。

父の教えは、「財産、有り金は、絶対に使ってはダメだ、財産、有り金を担保にすれば、その3倍はお貸しいただける。それをきちんと返済すれば、今度は10倍はお貸しいただける。財産は手放さず、生かして使え」というものだった。

女房子供には給食費も満足に渡せず、兄弟にも両親にも叱られながら、よく耐えて協力してくれたと思う。

大変な思いの後、やっと借金を返済し、いくばくかの貯金もできたこと、そして長男として両親の最後にお仕えさせていただけたことは、本当にありがたかった。

それと、次男であった弟が、相続の土地で妻が家を買いたいと言うので、借金を上乗せして数千万を出してその分の土地を引き継いだ。

それを含めて、３０００坪弱の土地を増やして、次の世代につなげていけることは本当にありがたい。

家族、父の教育のおかげ、努力をすれば、やはりチャンスはあるものと感謝している。

特技の生かせる職業

ほとんどの人は、だいたい高校生くらいの時期に、自らの将来について考え始めると思う。将来を見極め、一定期間の修業を積み、ゼロからスタートするのがよいだろう。

父から諭されたことであるが、「人間には、一生のうちに3度ほどチャンスがある。これをうまくつかんだものが成功者、これに気が付かなかったものは凡人だ」と。

私が思ったのは、「山を登るにはいくつもの道がある。どの道が良いか、自分の体力も見極めて、進むことが大切」ということだ。

警察学校在学中、山の下にあった学校から早がけ競争で山登りをしたときのことである、ボート部で鍛えた足には自信があったので、木々の間をすり抜けて直線に近い道を登り、2番で到着したときのことである。

1番はサッカーの選手、2番が私、3番は長距離の選手であった。

頂上で待っていた教官が、

「高木、まさかお前がこんなに早く来るとは思わなかった」と言う。それはそうでしょう、道を登れとの指示がなかったから、と内心思っていた。

人生も同じである。自分の得意な道を、職業であるならば自分の得意な仕事で、皆様に喜んで利用していただけることを念頭に、見つけ出してゆくことが最も大切と思う。

これも父の教えで前述もしたが、「利誌、商売というものはな、ゼロから始めよ。ある金は絶対使うな。金があったらそれを担保にして借金で始めること。その借金が返済できたら次には前の借金の十倍もお貸しいただける。それが商売のコツだぞ」と言われた。

だから私は、警察官退職金全部を父に差し出し、口座のある父にお願いして、農協の銀行から25万円をお借りいただいて、今は息子に譲った会社の設立を始めたのだった。

本当は、私の勤務状況から、地域の県や市町村の幹部の方に、「資金は都合するから心配せずに。この地域のために事業をしないか」と頼まれたこともあったが、希望されるような仕事が見つからなかった。

それと、私としては好きな理科系の事業が試してみたかった。

家では、弟がトヨタの関連会社に勤め、その奥さんが私たちの両親の事業である縫製業を助けていてくれていたので、父は、私にも期待しているようであった。

私は別の仕事がしたいと言うと、「プラスチックにメッキがつくそうだ」と本を買ってきてくれたので、車のバッテリーから電気を取り、メッキ液を作ってコップなどに塗ってみた。

すぐ近くで、妹婿がプラスチックの成型工場をしていたことから、そこの品物をもらって試したところなんとかできたので、「これなら好きな理科系の仕事になる」と、お借りしたお金で試験を開始したわけである。このことは、前著「おかげさま」にも書いた。

警察時代の先輩で、警察署長まで上り詰めた先輩らが2人、心配してどう生活しているかと見に来てくれたことがあるが、「こんなふうにちゃんと会社にできたのを見せてくれて、安心した」と言ってくれた次第である。

なんとなれば、公務員の退職後、技術系で生活できるまでの者はまれだとか。

やはり基本は、少年時代の基礎ではなかろうか。

成功と没落

常見陽平先生のブログ、「『公務員になれば一生安泰』神話はもう崩壊している」を読ませていただき、現代も変わらぬ安定志向の若者の風潮を思い知らされた。

安泰とは何であるか？　平々凡々、大過なく定年を迎えるまで不平は言いつつもみんなと仲良くということだろうか。実際の公務員は、経験したものでなければわからない。

学閥や非凡の努力、その他いろいろと時代の読み（これはどこの業種にも通ずる事柄ではあるが）、上司の意向の読みなどなど、そう簡単なものではない。

公務員でも、事業所においても、利害関係こそ最も重要な要素であることは論を待たない。

これは、私の経験というか実感であるが、本省の公務員というものは学閥の総本山で、1週間滞在しただけで、私立大学出身ではよほどのことがない限り出世の望みはないということの察しがついた。

また、公務員の退職者で事業を始めて成功した者は、ほんのわずかしかいないとのことである。

現在、令和大恐慌の到来ではないかといわれているが、私の大学卒業の昭和30年代と似た、内定取り消しの声も多く聞かれる。

前著でも書いたように、私が内定取り消しにあって警察官募集の貼り紙に引き寄せられて任官したときに、上司から言われたことがある。

「高木君、君は正直すぎる、『雪が黒い』と言われたら、そうですね、見方によれば黒いですね」というくらいの柔軟性を持ったほうがいいぞ」と。

自分の信念を優先する人では、公務員は無理である。

憲法の条文と同時に、地域の特性や上司の意見を理解していなければ、公務員は務まらない。

そこで私は、年金資格と同時に退職、自分の特性の生かせる職業を始めたのだ。

警察官として、特別法による日系人の採用を知っていたので、ブラジル日系二世を従業員として最初に招いた。

地域に貢献できたこと、それも、私に従ってくれた伴侶のおかげでもある。

夫婦とは

本田宗一郎さんの講演をお聞きしたときのことである。

「私はね、勲章をいただいたとき、副賞に腕時計をいただきました。そこでお願いしましたのは、『この勲章は私のものではありません、私の妻のおかげです』と言って、女性用に代えていただきました」とおっしゃっていた。

私は結婚に際し、母親に「利、お前、好きな女性はいるの」と尋ねられたことがある。

「私は長男、両親のお気に入りで将来お世話のできるお方に決めますから、その際はよろしくお願いいたします。ですが、今はまだ給料が安くて無理です。もう少し後にしてください」と答えたのだが、「お前の次に一つ違いの弟がいるんだから、早くしてほしい」と言われた。

こうして両親が見出して紹介されたのが現在の妻で、「いまどき、こんないい娘はないぞ」と言われて見合いして、1年交際ののちに結婚した。

安月給で本当に苦労をかけた。給料も前借り、前借りで、ボーナスのときににいただけたものはないほどであった。

そんなとき、7歳下の弟が大学を卒業して、トヨタ系の会社に就職したが、初任給がそのときの私の給料の3倍以上、ボーナスに至っては7~8倍であった。

高校のときにパン屋をした際、1日の売り上げでトヨタ自動車の株が100株買えるほどだったことを思うと本当に情けなかったし、妻にも申し訳なかった。

そして、父の顔を思い出すとますます情けなかった。パン屋の売り上げを株に代えて、大学に行くのを中止していたら今頃、トヨタ自動車の重役だっただろうかとも思うことがある。

人間の運命は、本当に不思議なものだ。

そして、恩給権がついた翌日、妻の大反対を押し切り辞表提出。

家族にも兄弟にも、勤務先の上司にも、再考を勧められるのを振り切り退職し、実家へ帰った。

このとき、一番気の毒だったのは妻であった。

いただいた退職金は妻に渡さず、１００万以上の現金を父親に差し出し、父の営む縫製業は継がずに農協の銀行から借金していただき、それを元手にして現在の仕事を始めた。

多くの方のご支援を受け、なんとか借金も返済し、現在、毎日過ごせているのも皆様のおかげ。もしも、名古屋大学の物理、化学へ進んでいたら、高校の教師などで定年退職していただろう。

それからの年金生活では、特に物理化学の実験など思いもよらず、好きな研究などできていないだろう。電池の充電に電気のいらぬことなども、思いつかなかったにちがいない。

本田宗一郎さんのおっしゃることが身にしみて、「妻のおかげの勲章」を思い出す次第である。

3. 新時代の発明品

石は万能選手

大学では理科系へ進みたかったのに思いがかなわなかった私を、再び理科系へ呼び戻してくれたのは「石」であった。

その石の万能選手ぶりに、改めて感謝とお礼を述べるために私の試したことを並べてみたい。

繰り返しになるが、高校卒業に際し、恩師から、

「理科系の勉強はいつでもできるが、人間を作るのは今しかない、文科系の大学で4年間、人間を作り直してこい」とアドバイスをいただき、卒論のない法学部を受験することになった。

本来は物理か化学を専攻し、高校か中学の教師になって研究室で研究ができたら、などと思っていたが、急遽思いもかけず、憲法、刑法、民法など肩の凝るような勉強をすることに

なった。

そして、警察官を退職した折には、物理化学を役立てられる職業を選ぶことにした。

そんな折、大手建設会社の営業部長になった高校の同級生、早崎君に、工場の設計をお願いしたのだが、

「高木君、水を使う仕事をするなら、こんな本を読んでおくといいぞ」と、持ってきてくれたのは、現役の医師である丹羽靭負《にわゆきえ》先生の「水」（ビジネス社）という本であった。

その本には、ある石を通すと水が単分子水になり、その水を飲めばがんなどの病気になりにくいし、健康にも良いということであった。

このことが、そもそも私が鉱石に関心を持つきっかけとなったのである。

そして、工場の使用水にも、家庭の飲み水にも、鉱石を用いるようになり、さらなる事業にも大きく貢献することになった。

丹羽先生がおっしゃるのは、がんになってから治すより、この水でがんにならないようにする予防医学が大事ということであるが、それならば多方面の利用も考えられる。

水が良くなれば、家庭生活はもとより、工業にも農業にも必ず良い効果が出るはずである。


いくつかについてまとめてみた。

まず水を変える

① 私自身の健康について。
丹羽先生の水、後述する鈴木石などが、63歳で医者にがんの発症を知らされたときの心強い支えとなった。

この水でキノコを煎じて飲んだおかげで、自覚症状から間違いなく末期がんであった病を克服して、88歳の現在、パソコンを打っていられる。

これは、水を単分子化するということのほかに、自然石にはたくさんのソマチットというナノメートル以下の微小生物（万能キラー細胞）が存在し、これが病原菌などと戦ってくれるという説もあるらしい。

②「自然エネルギーを考える会」で、毎年講師をお招きして講演会を開催し、皆様と一緒に研究していたとき、出席された鈴木さんという方が、

「ある大学の先生が開発されたこの石の粉を、弱火で煮出した水を飲むとがんにならないし、がんになっても飲めば良くなる」と教えていただいた。

この水と植物エキスで消臭剤として商品化を計画し、ゴキブリを寄せ付けないものにもなった。しかし、ゴキブリには羽があり外から飛んでくるものがあるからやめたほうがいいとアドバイスがあり、結局は中止となった。

鈴木石

鈴木さんの話の続きである。

「石のお話ですが、実はね、2～30年前のことですが、京都の大学の林先生という方が厚生省の依頼で『がん』の薬の開発を依頼されたんです。『できました』と言って石の粉を持っていったら、『こんなもので簡単にがんが治ったら、医者も病院もつぶれてしまう』と叱られまして。

それでは、と農業用の土壌改良材にならないかとテストしたところ、ニンジン、ほうれん草、イチゴなど、素晴らしくおいしい作物ができたので市場に出したら高値で売られるようになり、農協から『自分だけ目立つな』と小言が出てお困りになったそうです」とのお話を伺った。

鈴木さんから教わったので、この石を「鈴木石」と呼ぶことにした。

このお話を聞き、農協から田んぼをお借りして、無農薬無肥料で稲栽培の実験をしてみたことがあることはすでに書いた。

結果として、通常よりも20%の作物増収を確認できたのであったが、これでは農協からもクレームが来ると思い、中止したことがあった。

そして、この田んぼは何十年たっても約1ボルト以上の電圧が上がっていることが確認できた。土壌改良とは、電圧を上げることであったのか。


この結果を見ると、土壌改良や収穫アップには、電圧を1ボルトほどアップすればよいのではないかと思われた。

また、私は医者ではないので本当のことはわからないけれども、病気の治療にも、電圧を上げると効果があるのではないか。

どういう方法にして電圧を上げればよいのか、また、電圧を上げるのに石がどれほど役立つのであろうかと考えを深めてみた。


早崎君から紹介された「水」という本にも、ボルトアップの話があった。

話を総合すると、人間の健康にも、植物が健やかに育つのにも、電圧を上げると良いようだ。そしてそれには、石がいい働きをしてくれるようである。

電気を作るのにも、石を利用してみる。そう考えれば、その最たるものは、太陽光発電だ。

これについては、橘高《きったか》啓先生をお招きしてご講演をいただいたことがある。

そのとき、橘高先生は、「太陽光と同じ波長の波動を生じさせることができれば、太陽光がなくても電気はできる」とお話になった。

そういえば、太陽光発電施設というのは、これまたケイ素、すなわち水晶、石が使われているではないか。そうして、いろいろな石の組み合わせにより、農業にも、電気にも、さまざまな用途が見つかり始め、試行錯誤ののち鉱石製品を開発し、カタリーズと名付けた。

用途を挙げると、

①　乾電池、バッテリー、止まった電池式腕時計などの電池の回復。
②　電気自動車、電動フォークリフトの電池の充電。
③　自動車のバッテリーの劣化防止。

④　容器の外部にセットし、内部に電極をセットすると水電池になる。
⑤　発電機、充電器などに作用させると効力を増す。

などなど、多くの皆様のご協力により、数々の効果があることが判明した。

しかし、石の粉でがんが治るというお話ではないけれども、こんなものができては困るお方があるとのことである。とはいえ、東日本大震災など、いざというときに思い出していただければありがたいと思い、このまま埋もれさせるには忍びない気がしている。

排気ガス対策に

【鉱石複合メッキ】

私の会社はメッキ業であり、セラミックやテフロンを複合させたメッキを行っている。

そんなことから、石の粉を自動車部品にメッキしたらどうかと思い、試作品を作り得意先に相談したところ、なかなか採用は難しいということであった。

しかし後日、「たまたま」車の販売店の課長と新車購入の打ち合わせをした際、「たまたま」エンジンの上にメッキ部品を置いたまま、店の中でほんの10分ばかり話をしていた。

話し終わって、その部品は持ち帰った。

それから2週間ほどたって、その課長さんから、

「この間、メッキした部品を置き忘れて10分ほど置いていただろう。あれから車の調子がすこぶるよくなり、車が軽くなったような気がする。燃費も2割くらい良いようだ」と言われた。

こんなことがあっても、自動車メーカーには採用は厳しいとのことだった。

また、前述のように、38年ほど前に豊田市役所から廃品回収として出された乾電池を軽トラック一杯に払い下げいただき、カタリーズで処理をしたことがあった。

船井幸雄先生にお願いして、第2回のことと思うが、船井オープンワールドで約10000個をお配りしたほか、第1回ナノテク展など、展示会出展の度に1000個ほどお持ち帰りいただいたのであるが、そのときの配り残りのものが少し前に見つかった。

錆を落として計測したところ、すべて1．5～1．6ボルトに復活したままで、錆のひどいものを除いて使用可能であった。

【鉱石塗料カタリーズ】

それではと、塗料に混ぜて車のあちこちに塗ってみたところ、車も調子が良く、ディーゼル車の排気ガスも極端に少なくなった。

しかし、排気ガス対策には制約があってなかなか難しいし、塗装部分を見て事故を起こして塗装したと間違われ、下取り価格にも影響するというので中止した。

【充電、発電には】

カタリーズを、「自然エネルギーを考える会」の会員にお渡しして試していただいたところ、ある会員から、

「劣化した乾電池に塗ったら充電して使えるようになった」と報告があった。やはり、電池がなくなった乾電池の大部分はカタリーズで復活させて再利用できることを確認した。さらに、充電式のバッテリーについても、充電できることもわかった。

しかし、内部ショートしたと思われるいくつかの乾電池は、ボルトメータは上がっても使用には至らなかった。

このカタリーズには注文があったものの、送るのに不便なことからテープにして対応したいと考えて、新たな展開を図ったところである。

さらに、電池式腕時計のパワーダウンしかけたもの、つまり遅れだして止まる寸前のもの（秒針がぴくぴくして先へ進まなくなる）は、1日で再起動して1年以上（1、7か月）動き

続けた。

そして、再度遅れだして止まる寸前になったので、前回再起動した簡易充電器の上に2日置くと、また正常に動いた。それ以降は、1週間に1度くらい置くと、いつまでも動いている（現在1年以上）。


このように、電源の必要のない充電法であるが、素人の私では理論的なことはわからないので、専門の先生にお任せさせていただくことにしたい。

そして、この延長線上に、必ず集電装置があるはずであるが、私のほうではそれ以上は進んでいない。知花先輩に敬意を表しつつ。


【追伸】

乾電池を復活させたものについて。

平成30年9月22日、たまたま、工場の倉庫を整理していたら、カタリーズ処理したさび付いた乾電池が出てきた。確認してみると、まだ電気が残っていた。

土の力

トータルヘルスデザイン社の月刊誌、「元気な暮らし」令和2年4月号をお送りいただいた。近藤洋一会長の、「土の力（2）」という32～33ページの文章、第1の存在レベル・第2の存在レベル・第3の存在レベルの項に、「種というものはかたい殻に覆われていて、内向性すなわちエネルギーが内に向いていますね。他のものとのつながりは一切ありません。唯一、土壌すなわち『土』が種を発芽させ、花を咲かせる原動力です。美しい花を咲かせることができるプログラムを持った植物も『土』のおかげで見事に成長していきますね。」とあった。（以上原文のまま）

土とは何ぞや？　地球の表面を覆っている物質であり、植物も人間もその上に生活させていただき、その土に育てられた植物を食料としていただき、植物の咲かせた花をめでてゆとりをいただいている。

そして、植物も人間も、その土が蓄えている水分がなくては生きていけない。

今年、石のみで植物を育ててみたが、石だけでは全然だめであった。一握りでもいいので、土壌が必要なことがわかった。

それでは、土というものは、どのようにしてできたのであろうか。

その答えは、専門家の先生にお任せするとしても、長い年月をかけて、いろいろな物質が混ざった溶岩が固定、風化などしたものかもしれない。

また、「元気な暮らし」の記事の後半に、「鹿児島県で玄米黒酢が作られているが、陶器でできた甕《かめ》に玄米と水を入れておくだけでおいしい黒酢が出来上がる。微生物を活性化する土のエネルギーのすごさにびっくり仰天させられます。」とあった。

土や鉱石についてはこうした書物からも、その素晴らしさを学ぶことができる。

私は本業がメッキ業であり、カタリーズを開発したことは前述のとおりであるが、その効果については皆様から次のような報告がきている。

① ２０１８年12月15日の保江邦夫博士講演にて、バッテリーカー、バッテリーホークフォークリフトにカタリーズテープを貼ると、電力が回復したとの報告があった。

② 蛍光灯に貼ると、無電源なのに点灯した。

③ 冷蔵庫に貼ると、食料品の日持ちがよく、野菜の変色が少ない。

④ 楽器に貼ると、音色が良くなる。

⑤ コップに貼ると、中の水がイオン水になり、コップに電極をつけると電池になる。

⑥ 車のバッテリーの電極にカタリーズメッキ部品を取り付けると、車を買い替えるまで(10~20年)バッテリーの交換の必要がなかった(海外を含む複数の回答)。さらに、エンジンオイルの交換の必要もなかった。メッキ部品、テープを併用すると充電時間が短縮できた。

⑦ メッキ部品の上に電池が切れた腕時計を置いたら動きだした。止まってすぐのも

のだったが、一晩たったら動いていた。

10年以上止まっていた時計は、載せてから3か月ほどたって見てみたら動いていた。
⑧ メッキ部品の上に電池の切れた携帯電話を載せたら通話できた。
また、受信した際の電磁波、が50％ダウンしているのが計測された。


などなど、いろいろな利点が報告されている。

私は機械的な方面はよくわかるけれども、丹羽先生のおっしゃる鉱石の水については、味がまろやかになり、おいしくなるような気がする。

これで病気を防げる効果もあるとしたら、こんなにありがたいことはない。

近赤外線

友人からメールで記事のコピーが送られてきた。

米国国立がん研究所の小林久隆教授が近赤外線免疫療法を開発、発表されたという記事である。抜粋した文章と図を、次に掲載させていただく。

その記事の詳細がどのようなものかは素人の私にはよくわからないけれども、がんがたちどころに良くなるというのには興味がある。

【インタビュー記事・米国立がん研究所 小林久隆・主任研究員】
「近赤外線でがん細胞が1日で消滅、転移したがんも治す
——米国立がん研究所（NCI）の日本人研究者が開発した驚きの治療とは」より

抜粋 https://www.mugendai-web.jp/archives/6080

●近赤外線の当たったがん細胞は1、2分でバタバタと破壊される

小林 この治療法は、がん細胞だけに特異的に結合する抗体を利用します。その抗体に、近赤外線によって化学反応を起こす物質（ＩＲ７００）を付け、静脈注射で体内に入れます。抗体はがん細胞に届いて結合するので、そこに近赤外線の光を照射すると、化学反応を起こしてがん細胞を破壊します。

（中略）

図1

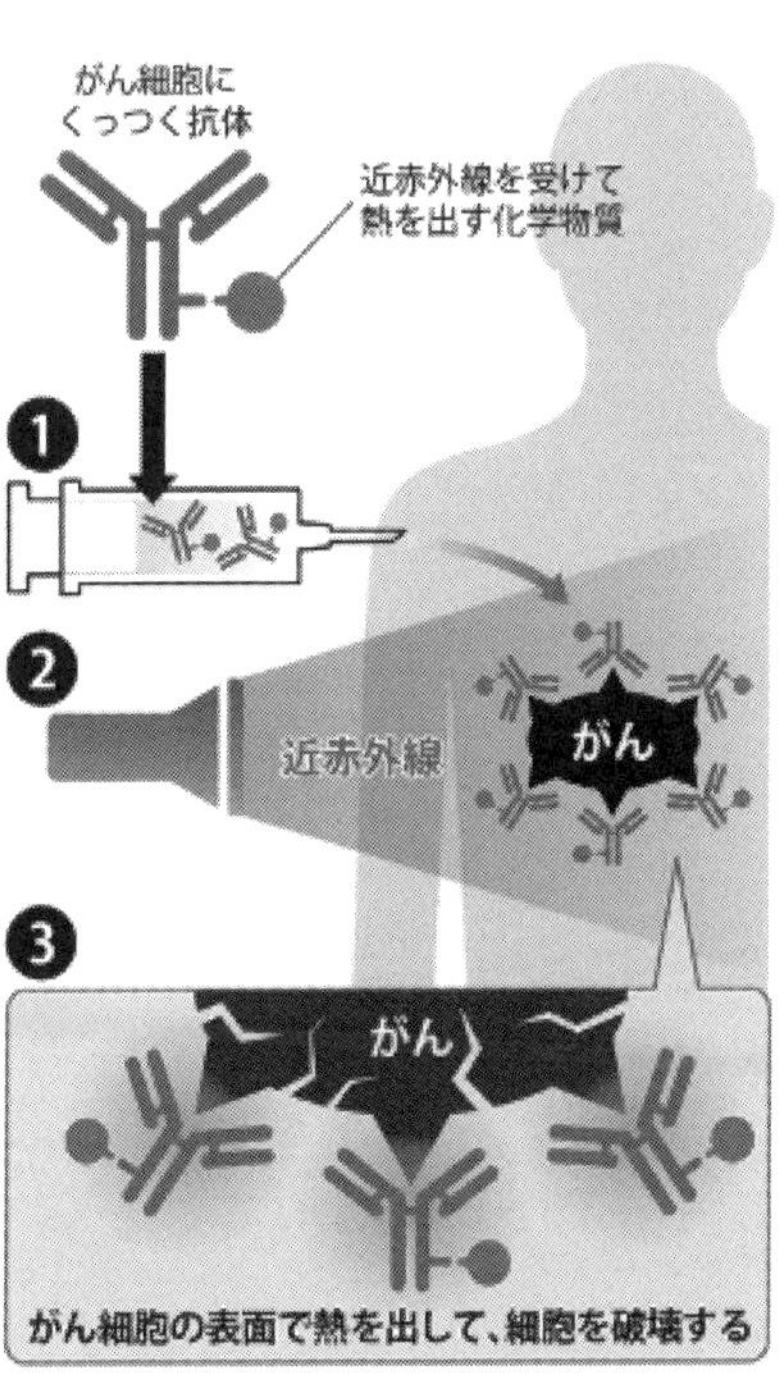

その様子を顕微鏡で見ると、近赤外線の当たったがん細胞だけが風船がはじけるようにポンポンと破裂していく感じです。

●これほどがん細胞の選択性が高い治療方法は過去になかった

小林　この治療法には、ほぼ副作用はなく、安全性が確認されています。これはとても重要なポイントです。

そもそもがん以外の正常細胞には抗体が結合しないので、近赤外線が当たっても害はありません。また抗体が結合したがん細胞でも、この特殊な近赤外光が当たらなければ破壊されません。つまり抗体が結合して、かつ光が当たったがん細胞だけを破壊するという高い選択性を持つ治療法なのです。これほど選択性が高いがんの治療法は過去にありませんでした。

●全身のがんの8〜9割はこの治療方でカバーできる

小林　皮膚がんのような身体の表面に近いものだけでなく、食道がん、膀胱がん、大腸がん、肝臓がん、すい臓がん、腎臓がんなど、全身のがんの8〜9割はこの治療法でカバーできると思います。

近赤外線の照射はがんの部位に応じて、体の外から当てることもあれば、内視鏡を使うこともあります。がんの大きさが3ｃｍを超えるような場合は、がんの塊に細い針付きのチューブを刺し、針を抜いて代わりに光ファイバーを入れ、塊の内側から近赤外線を照射します。

（後略）

丹羽靱負先生が「水」という本に、遠赤外線という波長を放出する鉱石の水を飲むとがんにならない、というようなことを書かれていた。

そして、今度は小林先生の、近赤外線でがんが治るという発表である。

前述した鈴木石も、厚生省に「こんなものができたら医者も病院もいらなくなる」といって断られたのだが、実は、近赤外線を出す石であったのではなかろうか。

また、テラヘルツという波長について、テラヘルツ協会の会長でおられる先生が、どこかからお叱りをお受けになったとお聞きしたことがある。テラヘルツとは、遠赤外線と近赤外線を含む波長のことではなかろうか。

私は、文科系へ進むように高校の先生から勧められ、理科系のことはいまいちよくわからないけれども、これらのことを総合して、石の波長を考えると、温泉が良いことの理由がなんとなくわかりかけてきた気がする。

鈴木石によって無肥料無農薬で稲を栽培して、20％増収した事実については前述したところであるが、またその石によって電気にも素晴らしい効果のあることを認め発表している。私も、こんなものは載せられないと新聞社にもお叱りを受け、学会からもお叱りを受けることになったことを考えると、実験はしても発表はしないほうがいいということであろうか。

農家育ちの私としては、手をかげずに楽に収穫できるに越したことはないのだが、米はあまり増収すれば保管に困るということであろうか。

今も、いろいろな作物を鉱石の種類によって水質を変えた水耕栽培の実験をしているところであるが、生育の状況を見る限り、いろいろな土壌の種類にケイ素が存在しなければ、植物生育に寄与しないようである。水に鉱石の波長があるというだけではよく育たないのか、植物に尋ねているところである。

どんなに良い波長の石を使用しても、十分な栄養がなければ健やかな生育には役立たないのかもしれない、そんなことを思った次第である。

今のところ、肥料というものは少しも与えていない。もう少し様子を見てみたいところである。

それはさておき、一般生活に目を転じてみよう。

近赤外線が見直されており、現在は工業用に、冷蔵庫などの家庭用にも使用されてきている。

新しい冷蔵庫には、近赤外線が採用されたものが出始めているが、古いものを買い替える必要はない。なぜならば、カタリーズテープを冷蔵庫の外側に貼れば、同じ効果が出ることが確認されたと報告があったからだ。鉱石を含んだカタリーズテープも、近赤外線を発しているように思われる。

冷蔵庫だけでなく近赤外線が採用されれば、生活にも良い結果をもたらすことになるのではなかろうか。


先日、知人の社長さんが脳梗塞になり大学病院に入院されリハビリに入った際、自分の持ち山から採れる有名な石を風呂に入れて入浴したところ、急速に回復したとのこと。これに驚いた大学、病院の先生方が、２００人でテストをするとのことで２００人分の石を提供されたという。

私にも試すようにと何個か送っていただけたので知り合いにお配りしたところ、私も含め高齢者に非常に効くようだったので、とても良い石ですと報告した次第である。

特に、夜、トイレに行くのが1回になったとか、疲れがよく取れるようになったとの声をいただいた。

なにより、病院の先生方の実験で、病気やその予防に効果が期待できるとしたら、病院には痛手かもしれないけれど、我々には最高の喜びでなかろうか。

それと、この石が人間に良いものならば作物にもどうかと考え、いろいろな作物を、この石と水のみで水耕栽培してみた。

現在は進行中であり結論にまでは至らないけれども、キュウリなどの瓜類は土が全くないとダメだったが、一握りほどでも土があれば、成長して実をつけることが確かめられた。

また、枯れかけたキュウリに草や野菜を糖蜜で培養した水を与えれば回復して実をつけることは前著でも書いたとおりであるが、畑のキュウリは石の水と雑草ジュースで再生できると確認できた。

稲は成長してはいるけれども、実をつけるようになればどうなるか、これは今後の報告にする。

トマト、ナスは根を張るだけの水で大丈夫で、おいしい実ができた。落花生は少しの水で花が咲き始めたので、どんな実がなるか楽しみだ。水が深すぎたものは枯れてしまった。

電気とは

電気とは何だろうか？

前述もしたが、橘高啓先生をお招きして講演をお聞きしたことがある。太陽光発電が脚光を浴びている頃のことであるが、橘高先生は、

「太陽光という光は何であるか？　それは波長の集合体であり、ケイ素に通化させれば電気になり、電気にケイ素を通過させれば光に戻るもの（電球）だ」とおっしゃっていた。

波長には、光を伴うものもあれば光を伴わないものもある、さらに音を伴うものもある。紫外線から赤外線まで本当にたくさんの波長があり、これをうまく使えば世の中からあらゆる問題が解決され、あらゆる病気もすべて解決できるように思える。

まさに、そのキーとなるものがケイ素であるという気がしているが、実際はいかがなものであろうか。

これに関連するかどうかはさておき、保江先生にケイ素でバッテリーの充電ができるとお話しいただいたことや、関英男博士が、UFOが飛行できるのは水晶のおかげであるとおっしゃったことが思い起こされる。

神坂新太郎先生は、宇宙人と思われるラインフォルトと、シャウベルガーだからこそ空飛ぶ飛行機（UFO）が制作できたのではなかろうかとおっしゃる。

私もそれを、我々の直感、空想、または関先生の言われる念波に通じるものでなかろうかというようなことを考えていると、知人からワシントン大学教授のジェラルド．H．ボラックという方の著書、「第4の水の相」（ナチュラルスピリット）を送っていただいた。

その本によると、水には個体（氷）、液体、気体（水蒸気）という3つの相があることが現在までの概念であったが、考えてみると、水とは1個の酸素と2個の水素の結合体であり、第4の相として、電気エネルギー、すなわち電荷を帯びることは至極普通のことではあるまいか、いやそれよりもすべての元素そのものに同じことがいえるのではなかろうか、とあった。

すなわち、すべての物質は、水の第4の相である電気そのものであり、それを人類に役立つものとして利用するか、または軍事兵器として用いて危険物になるかというところで違いが出る。

大雨による大洪水に悩まされる地方の皆様が本当にお気の毒であるが、作物を育て、乾く喉をいやすなど、非常に大切なものもまた水である。

戦国時代には、水攻めという兵法にも利用されたが、現代ではコップ1杯の水に石を使えば電池にもなる。電気とは、我々人間に役立つものの一つの形態でもある。


そんなことを考えていたとき、いつも情報をいただける知人の塩田さんから先端技術研究機構の「ＡＧＳ‐デバイス電池」の記事を知らせていただけた。

この科学技術は万年電池のことであり、少し工夫すれば地球人でも開発可能なものだが、最終工程の金族元素の配列が操作できないためにまだ完成に至っていないという。

数年前から研究している我々の仲間が、いずれ形にすることに期待している。

ただ、万年電池といっても金属原子の摩耗寿命があるので、20～30年が限度であろう。しかし、一部の電池メーカーではすでに開発済みともいわれている。

携帯電話のバッテリーも、実は20～30年の寿命があり、本当は充電は不要ということであろうか。なんのことはない、ワッシャーケイ素を使えば達成するようである（巻末参考資料参照）。

終わりに～充電に電気はいらない

何十年も前のことである。まだ船井幸雄先生がお元気な頃のこと。

日本の非営利系シンクタンク「構想日本」の会長をされている加藤秀樹先生が、慶應大学教授であった当時、お電話をいただいた。

「高木先生の作られたパワーリング、すごいですねえ。携帯電話を使おうとしたら電池切れで困っていたところ、いただいたパワーリングを思い出して携帯を載せてみたところ、通話ができるようになったんですよ」という喜びの声だった。

そのことを思い出し、現在商品としているパワーリングとカタリーズテープについて再検討してみたところ、素晴らしいことがわかった。

車のバッテリーや乾電池の充電ばかりに気を取られていたのだったが、自分の携帯電話が電池切れになったのでカタリーズテープで試したところ、瞬時に満タン充電できたのである。

なぜ今まで、研究を控えていたのかと残念でならない。

また、ある方からお譲りいただいた「ケシュ財団」特許の品物も交えてテストしてみたところ、素晴らしい効果があることがわかった。

ケシュ財団発電機を利用すれば、充電速度を短縮できる。

今、テレビで九州の大雨被害のニュースを見ているが、被災地の皆様にも早くお知らせしなければと、テストを繰り返している。

バッテリー、乾電池の充電のほか、蛍光灯、パソコンなどの電気製品が、停電で使えなくなったときでも、使用できるようになることが確認できた。

太陽だけでなく、石などからも電気がいただける。本当に自然は偉大で素晴らしいものである。

また、保江邦夫先生、加藤秀樹先生、関英男博士、これまでのご指導、ご鞭撻を本当にありがとうございました。

遅まきながらお礼申し上げます。

【参考資料】

『自動車用小型直流発電機』（試験機開発中）

「燃料自動車の欠点は排出ガスを出す事はもちろん、燃料が無ければ走れないという事実です。それに対して電気自動車の場合は、環境に有害な燃料は使用しないものの、高性能バッテリーが必要であり、充電しないと走れないという事実があります。バッテリー寿命の問題もあれば、充電中の待時間の長さの問題、パワー不足の問題もあります。もしここで自動車に搭載出来る、無燃料で無充電の小型発電機（約20年の寿命）があると言えば、そんなうまい話を人は信用してくれないかもしれません。信用するしないは別問題として、ＡＧＳデバイス（astro-generator system device）という、宇宙では実際に使用されている発電技術が存在する事は事実であり、当社ではその利用を推奨していて、今後はこの装置を必要としている企業に対して、技術協力をして行く方針でおります。」

先端技術研究機構（Research Institute for Advanced Technology）ホームページより

これが現在私の行っているものと同じ状況だが、私のは小さなワッシャーを＋（プラス）側につけるだけで20年もつ。また、電気自動車用は、連結部分に付けるだけである。
宇宙で実際に発電に使用されているのは、ケイ素である。

『AGS－デバイス電池』

「この科学技術とはいわゆる〝万年電池〟の事であり、少し工夫すれば地球人でも開発が可能な技術ですが、最終工程の金属元素の原子配列を操作出来ない故に、地球ではまだ発明に至っていない代物です。この技術に関しては国内で数年前から研究している我々の仲間がいて、いずれ形になるだろうと思っています。万年電池といっても、金属電子の磨耗寿命がある事から20～30年前後の電池寿命、携帯電話を毎日充電する必要が無くなり、また大きなものは自動車の高性能バッテリーと成り得るものです。まあ、コンビニエントな生活用品と言えましょうか。」

先端技術研究機構（Research Institute for Advanced Technology）ホームページより

ワッシャーをつければ20年もつ実績があり、瞬間充電も可能である。

２０１９年「超モノづくり部品大賞」候補申請書

（フリガナ）	（数字やアルファベットにもフリガナをふってください）		
部　品　名	カタリーズテープ及びめっき部品		
完成年月日	2019.02.01	販売年月日	
（フリガナ）	（数字やアルファベットにもフリガナをふってください）		
製作会社名	株式会社コーケン		
会社代表者の氏名・役職	代表取締役　高木利治		
本社所在地	〒473-0912　愛知県豊田市広田町稲荷山２０番地		
設立年月日	昭和４５　　年　12　月なるもの一時休眠状態であった	資 本 金	2,000　万円
売　上　高	円（　　年　　月期）	従業員数	3.　　　人

連絡担当者（審査結果をご連絡いたします）

氏名・役職	代表取締役　高木利治	部署	
住所	〒　同上		
TEL	0565-52-4663	FAX	0565-52-4828
メールアドレス	it-and-t@hm5.aitai.ne.jp		
応募について	●日刊工業新聞を見て　●HP を見て　●応募の案内書を見て　●その他（　　　　　） ※いずれかに○をつけ、その他には（　）内に記入してください。		

１．部品の内容および特徴

過去に塗料で販売しましたが取り扱いに不便を感じたので、テープ及びめっき品に変更しました

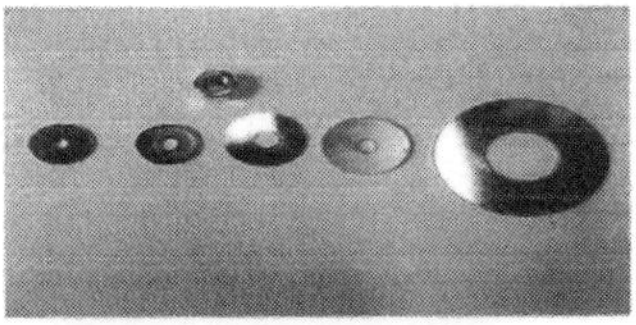

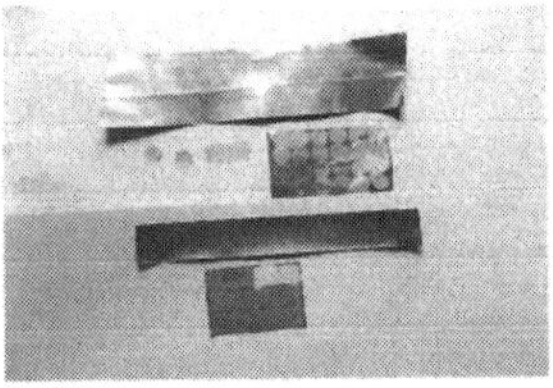

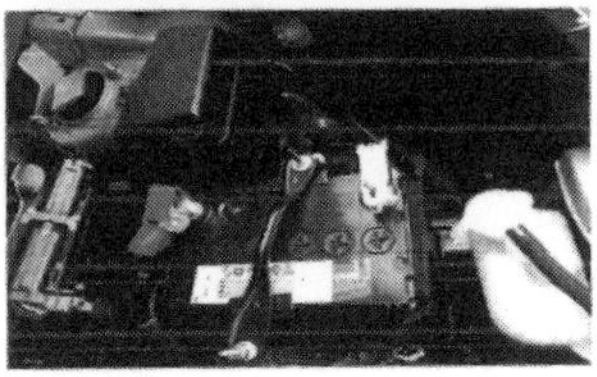

参考: 2019年「超モノづくり部品大賞」に応募した申請書

２．評価項目

（１）技術の独創性

市販のテープ（材質は布・紙・金属・樹脂等）に加工できる

（２）性能

機械性能の目覚ましい向上、劣化電力の回復

（３）経済性

きわめて安価である

（４）実績と今後の普及見通し

評価結果は良好であり、大いに将来性があるものと認められる

（５）安全性および環境への配慮

原料は自然物であり、環境負荷物質は使用していません

３．その他

テストをすれば多方面の利用が考えられる

４．特許関係件数

名称登録「カタリーズ」

５．推薦と評価

１．バッテリーカー、バッテリーフォークリフトのバッテリーにカタリーズテープを貼ると電力が回復した（理学博士）

２、蛍光灯に貼ると、無電源なのに点灯した

３、冷蔵庫に貼ると、食料品の日持ちがよくなり、変色しない

４、楽器に貼ると、音色がよくなる

５、コップに貼ると、電池のようになり、中の水がイオン水になるようだ

6、劣化乾電池に貼ると、電力が回復した

7,腕時計が止まってすぐにセットしたら10時間くらいで再起動、10年以上止まっていた懐中時計は3ヶ月以上入れておいたら気がついたら動いていた

８、車にカタリーズ関連部品をつけると、車を買い替えるまでの間（１０年～２０年）バッテリー交換の必要がなかった（バッテリーの劣化がなかった）と複数報告があった。

など報告があった。

プロフィール

高木 利誌（たかぎ としじ）

1932年（昭和7年）、愛知県豊田市生まれ。旧制中学1年生の8月に終戦を迎え、制度変更により高校編入。高校1年生の8月、製パン工場を開業。高校生活と製パン業を併業する。理科系進学を希望するも恩師のアドバイスで文系の中央大学法学部進学。卒業後、岐阜県警奉職。35歳にて退職。1969年（昭和44年）、高木特殊工業株式会社設立開業。53歳のとき脳梗塞、63歳でがんを発病。これを機に、経営を息子に任せ、民間療法によりがん治癒。88歳の現在に至る。

ぼけ防止のために勉強して、いただけた免状

新時代《しんじだい》の幕開《まくあ》け

大転換期《だいてんかんき》の今《いま》、次世代《じせだい》へ残《のこ》すもの

高木《たかぎ》　利誌《としじ》

明窓出版

令和二年十月十五日　初刷発行

発行者――麻生 真澄
発行所――明窓出版株式会社

〒一六四―〇〇一二
東京都中野区本町六―二七―一三
電話　（〇三）三三八〇―八三〇三
FAX（〇三）三三八〇―六四二四
振替　〇〇一六〇―一―一九二七六六

印刷所――中央精版印刷株式会社

落丁・乱丁はお取り替えいたします。
定価はカバーに表示してあります。

ISBN978-4-89634-424-0